不過，先讀《怪傑佐羅力地牢魔女的變身詛咒》，再回去讀《怪傑佐羅力之大戰佐羅力城》，應該會有「啊！原來那裡指的就是這個事件！」的發現，相信這樣的閱讀順序，會和照著集數閱讀有著完全不同的體驗。
別擔心，我寫故事時都有注意，不會爆雷的啦。
身為作者，我衷心認為不管從哪一本先讀起，都會很有趣。所以，有空的時候也請讀一讀《怪傑佐羅力之大戰佐羅力城》喔。
準備好了嗎？那麼，故事即將開始囉。
了一陣騷動——

怪傑佐羅力
地牢魔女的變身詛咒

文·圖　原裕　譯　周姚萍

嘿吼、嘿吼、嘿嘿吼，嗶——
佐羅力、伊豬豬和魯豬豬像往常一樣，繼續著他們的旅程。忽然，
啊，一定就是他們三位。
沒錯，就是他們，絕對錯不了。
附近出現了一陣騷動——

一個不留神，佐羅力三人就被一群蛤蟆大軍團團圍住了。

「我們一直在等待三位的到來。」

本大爺跟蛤蟆沒有親戚關係呀。

「現在能夠拯救我們的，只有你們三位了。」

「喂喂喂，你們到底在說什麼呀？」

當佐羅力三人被眼前景象弄得不知所措時，某一隻蛤蟆靠過來說：

「請讓我來說明吧。」

說話的那隻蛤蟆
看起來像一位國王。
某天，
突然發生一件事情——
有一位魔女現身，對我們施了魔法，
把我們全部都變成蛤蟆。
那位魔女還說：
只要你們去把
正在旅行的一隻狐狸
和一對山豬兄弟
帶來這裡，
我就讓你們恢復原形。

她話一說完，便躲進這扇門後面的地牢，再也沒有出來。

來吧，來吧，請三位現在就立刻動身，前往魔女所在的地牢，好讓我們身上的魔法能夠解除。

佐羅力三人聽到這個消息，腦中卻想不起任何可能相關的回憶或線索。

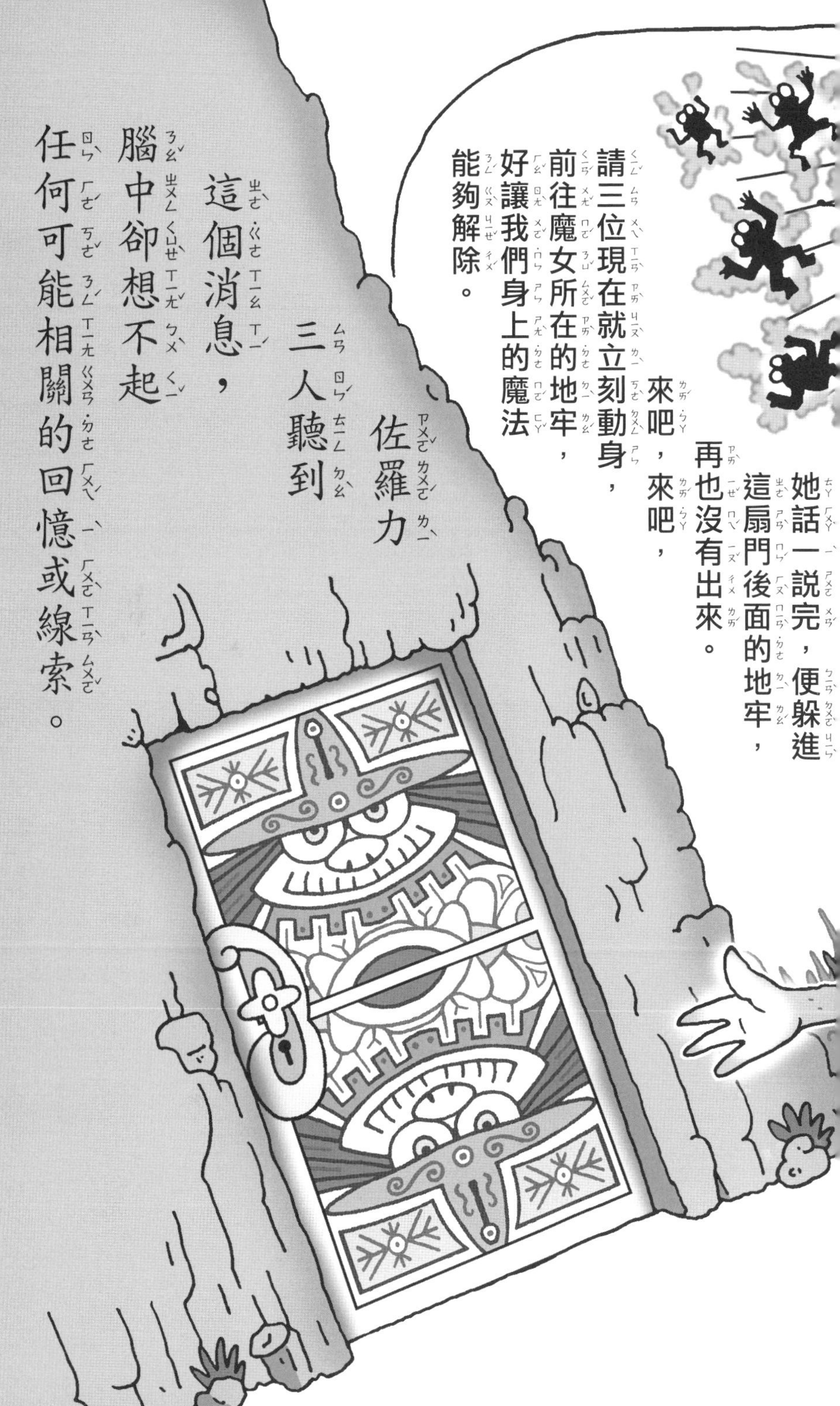

「真是太遺憾了，
我們正在趕路。
本大爺要去實現夢想，
找到美麗的公主與她結婚，
然後一起住在雄偉的城堡裡。」
蛤蟆國王一聽到佐羅力的話，
立刻雙眼閃閃發亮的說：
「這裡絕對是您實現夢想的地方。
我們一起開會商量過了，如果真的出現一位

能讓我們從蛤蟆恢復成原本模樣的勇者，
我們一定要請他成為本國的王子。
若王子願意與我的女兒
甜甜公主結婚，
一起在城堡裡生活，
那真是天大的喜事啊！」
國王的這番邀請，
不正是佐羅力求之不得，
實現夢想的好機會嗎？

沒想到，
佐羅力卻斷然
拒絕了蛤蟆國王的請求。
「抱歉，我可不想答應。」

❶以前，佐羅力曾經想盡辦法要幫一位被變成蛤蟆的公主恢復原形，但是他當時並沒有成功破解魔法，公主依然維持蛤蟆的模樣。

❷本來應該到手的城堡也崩塌了，根本沒一件事情是順利的。

當佐羅力看到站在他面前的蛤蟆公主，那時候的痛苦回憶一下子全都湧了上來。

「不好意思，我們先失陪了。」

佐羅力說完，就帶著伊豬豬和魯豬豬準備離開，

❸那時，佐羅力就在心底發誓，絕對不要再跟變成蛤蟆的公主扯上任何關係。

想知道當時發生什麼事的讀者，請閱讀《怪傑佐羅力之大戰佐羅力城》。

這時蛤蟆大軍突然全部一擁而上，開始使勁的推著佐羅力他們的腳。就這樣一路推到魔女隱身的那個地牢入口，接著將他們

三個推進門裡面，
砰咚！
喀嚓
還上了鎖。

「喂，快點把門打開！」

咚咚咚，砰砰砰。

佐羅力用力敲著門。

門外的國王對他們說：

「拜託了，只有你們三位才能讓我們變回原形。拜託三位至少進去地牢裡，聽聽那位魔女有什麼話要對你們說吧。」

佐羅力三人聽到國王一副走投無路，不停拜託他們的樣子，只好勉為其難的往下方的地牢走去。

事實上，他們也很好奇為什麼那位魔女要指定見他們。

①
通往地牢的路
黑漆漆的，
什麼都看不見。
他們用伊豬豬
隨身攜帶的
手電筒照亮
腳下的路，
小心翼翼的
往下走。
②
地牢裡面
十分複雜，
有好多個房間。
地上散落著
亂七八糟的雜物。
這裡這麼黑，
要是迷路
可就糟了。
於是——

③

魯豬豬拿出自己隨身攜帶的繩子，把大家的身體綁在一起，讓三人不至於在地牢裡走散。

④

一路上，三人被絆倒了幾次，也摔了好幾跤，好不容易才抵達地牢最深處的房間。

一座令人毛骨悚然的祭壇前，放著一張十分華麗的椅子。

「究竟是哪裡來的魔女把本大爺叫來這裡？」佐羅力話才說完，就聽到一個聲音說：

「哼，總算來了，我等你們很久啦。」

他們聽到聲音，卻沒看見人影。

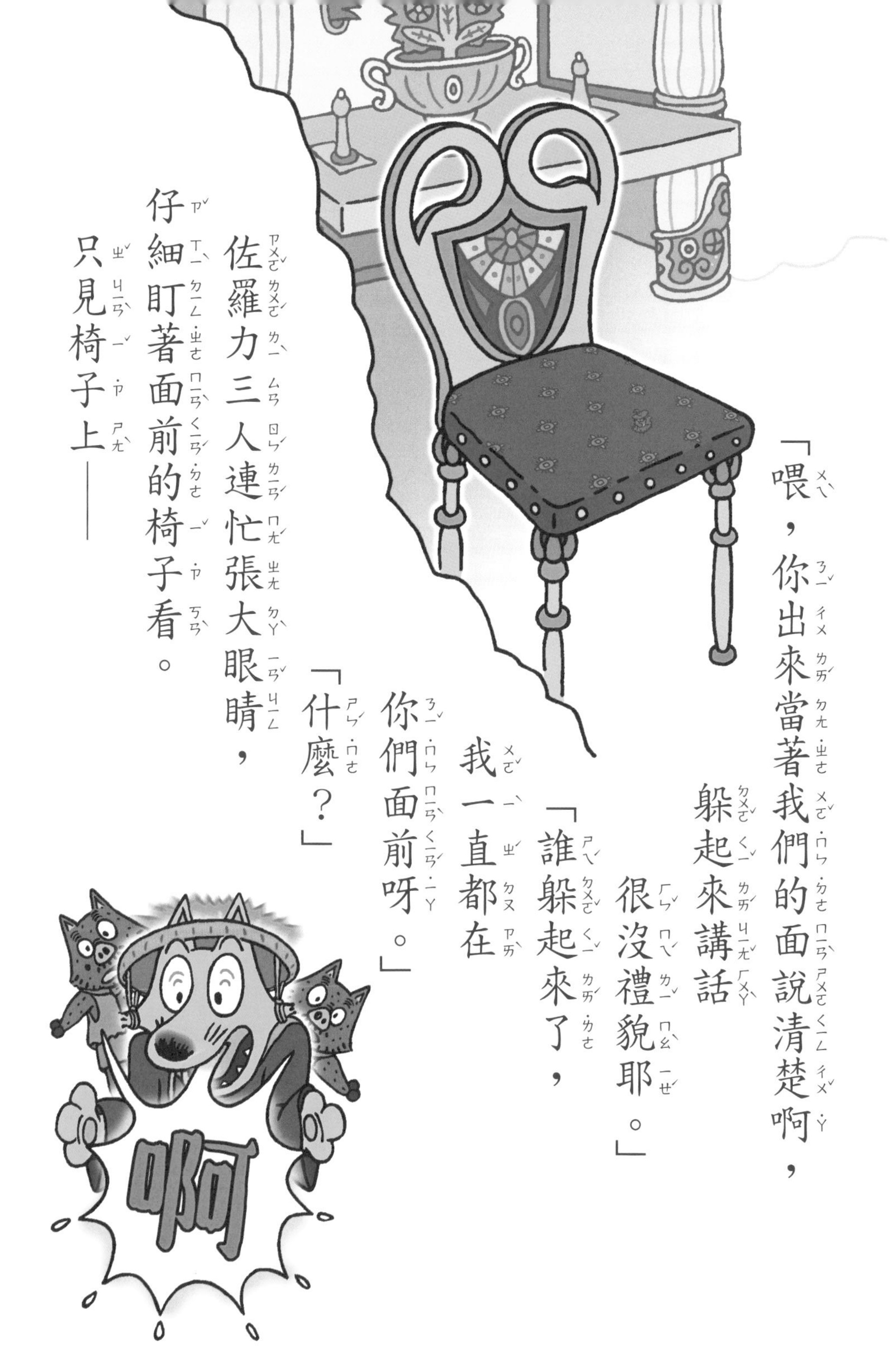

「喂，你出來當著我們的面說清楚啊，躲起來講話很沒禮貌耶。」

「誰躲起來了，我一直都在你們面前呀。」

「什麼？」

佐羅力三人連忙張大眼睛，仔細盯著面前的椅子看。只見椅子上——

有一位小小的魔女直挺挺的站在那裡。

「好小喔！」

魯豬豬脫口驚呼。

「沒錯。不就是你們把我變成這副模樣的嗎？

難道你們全忘光了嗎？」

「我就是當時那個魔女露加。自從那之後，我一直都沒有變回去。」

「可是，那個藥的藥效應該只有一小時，之後就會恢復原形啊。」

「我才不管什麼藥效不藥效，我只知道我一直沒有變回去。快點告訴我恢復原本大小的辦法。」

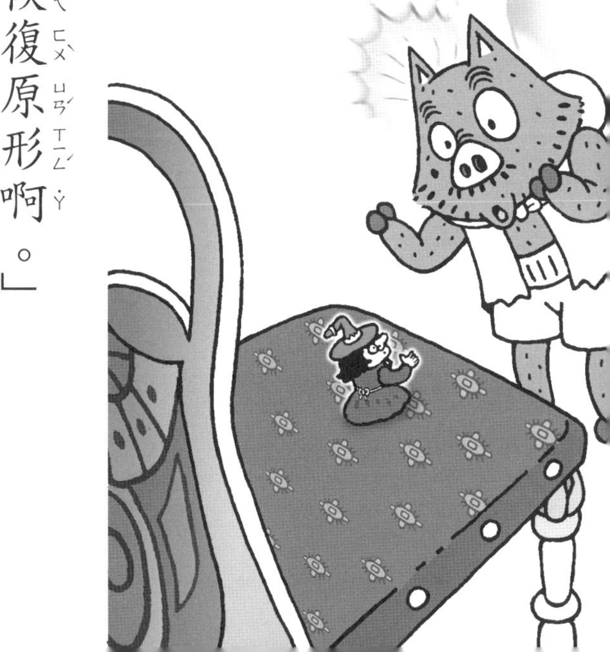

如果是因為吃了兩顆「身體變小藥」而變小，那麼再吃兩顆「身體變大藥」，不就可以變回去了嗎？
那你快點給我你說的那種藥啊。
哎呀，可是我身上已經沒有那種藥了。
那你快點給我想辦法去弄到手呀。
這麼突然，你叫我去哪裡找那個藥啊。
你給我聽好，這件事可不是鬧著玩的。

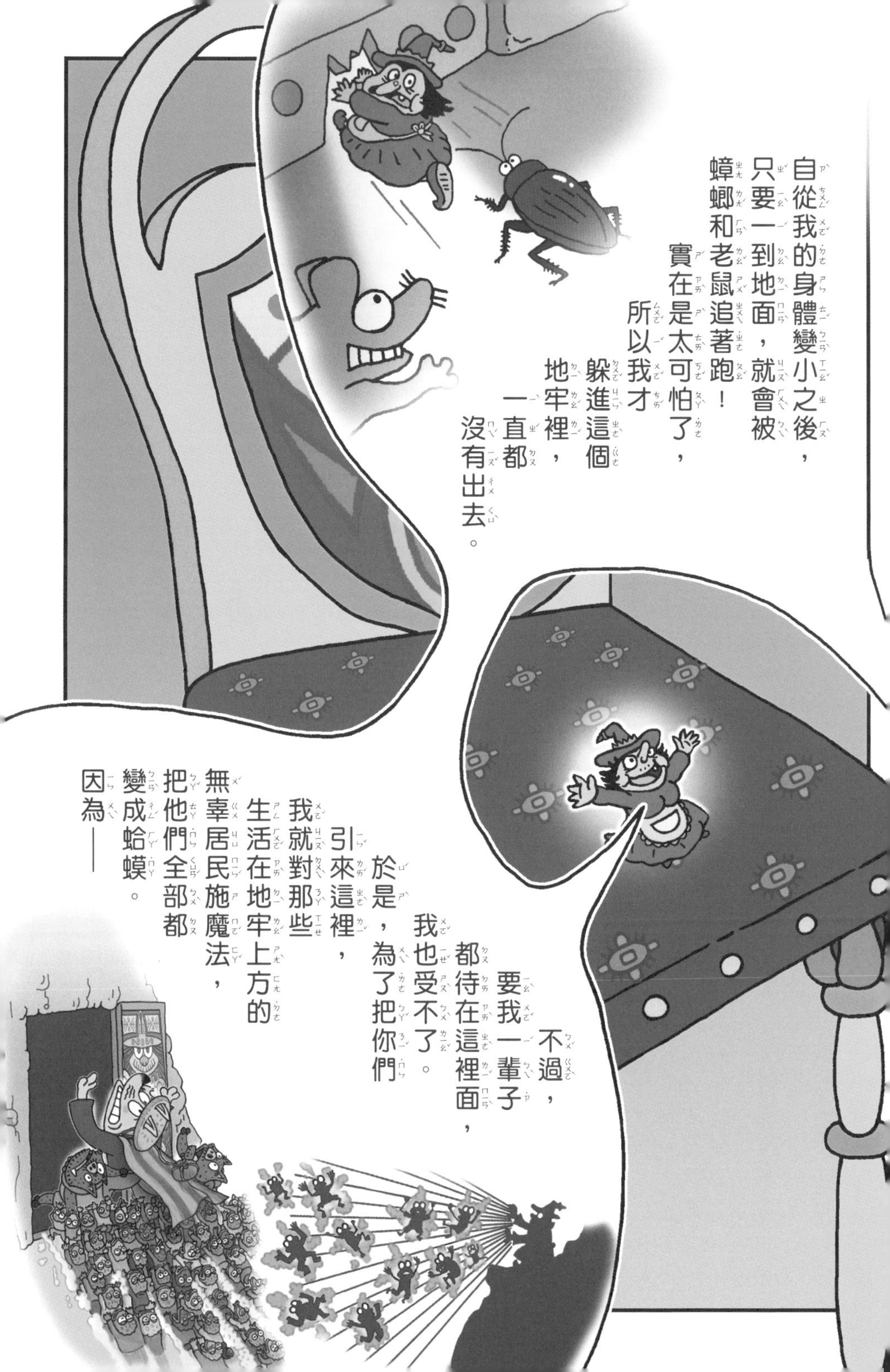
自從我的身體變小之後，
只要一到地面，就會被
蟑螂和老鼠追著跑！
實在是太可怕了，
所以我才
躲進這個
地牢裡，
一直都
沒有出去。
不過，
要我一輩子
都待在這裡面，
我也受不了。
於是，為了把你們
引來這裡，
我就對那些
生活在地牢上方的
無辜居民施魔法，
把他們全部都
變成蛤蟆。
因為——

我相信既然你們能把我變小，就一定能把我變回去。聽懂的話，就快點去把你們說的那個「身體變大藥」帶來這裡。

「可是當初給我那個藥的國王，他的城堡已經倒了，我連他現在是不是還住在那裡

都不曉得。」

佐羅力開始支支吾吾的找理由推辭。

魔女露加看到他這副德性，氣得忍無可忍，直接爆發了。

「哦──看來你們是不想管這件事了，既然如此，那就別怪我了。」

魔女唸出一串咒語──

哈巴啦嘎嗎哩啦咿嚕夫哆夫。

伊豬豬竟然也變成了一隻蛤蟆。

「哇——我以後就要叫這隻蛤蟆『哥哥』了嗎？」

「嗚嗚嗚，好、好過分。佐羅力大師，請快想辦法幫幫我呀。」

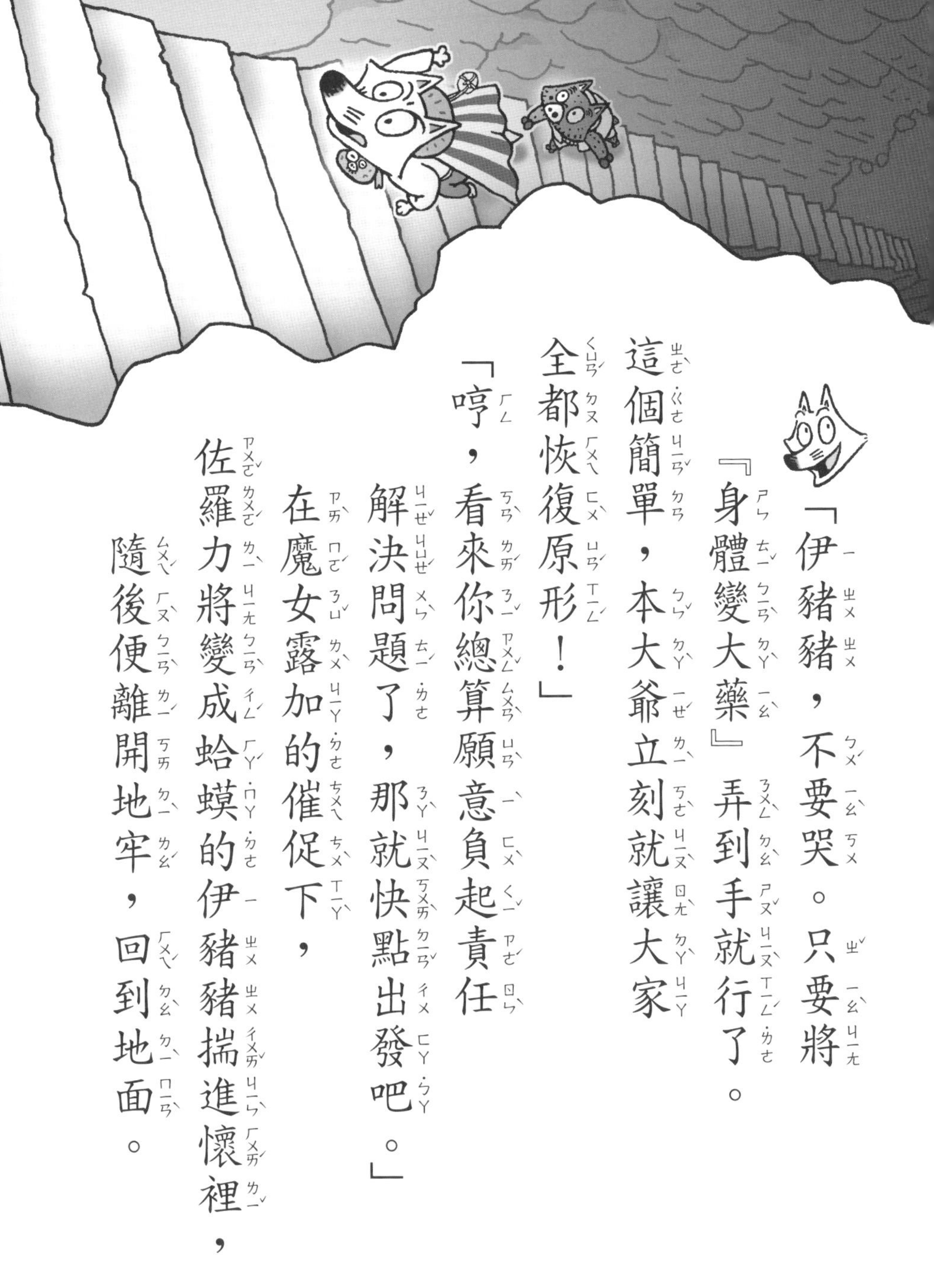

「伊豬豬，不要哭。只要將『身體變大藥』弄到手就行了。這個簡單，本大爺立刻就讓大家全都恢復原形！」

「哼，看來你總算願意負起責任解決問題了，那就快點出發吧。」

在魔女露加的催促下，佐羅力將變成蛤蟆的伊豬豬揣進懷裡，隨後便離開地牢，回到地面。

各位聽我說，只要我們把某種藥帶來這裡，魔女就會讓大家恢復原形。
本大爺現在就出發去把那個藥帶來這裡。
真是太感謝了。
他說的是真的嗎？
大家聽到了嗎？這位果然就是為了拯救我們而來的勇士啊。
國王陛下，請千萬別錯過這次機會呀。
嗯，確實如此。
勇士先生，在您出發之前，請務必幫我在這份文件上簽名好嗎？

成為王子的切結書
只要是拯救本國的勇士，便有資格成為本國的王子。若決心成為本國王子，請於切結書下方簽名，以此立誓。
簽名處：
佐羅力轉頭看了一眼靜靜站在樹蔭下的那位蛤蟆公主甜甜，
嗯——還是算了吧。
便斬釘截鐵的宣誓——
然後就出發了。
才沒有這回事呢。
一定是因為我不夠好……

「儘管大家都覺得那傢伙是勇士，對他期待很高，但是我看他根本沒有自信能解除魔女的魔法，所以才不願意在切結書上簽名。而且，他們是三個人去見魔女，為什麼回來的時候只剩兩個？說不定是他們起了內鬨。

說話的這位是甜甜公主的青梅竹馬兼好朋友——羅南。

剩下的那兩個搞不好就這樣一去不回了。」

「不會吧……我們現在只能指望他們拿藥回來，否則就要一輩子當蛤蟆。我們只能在這裡苦等著可能不會回來的人，這根本是……唉，該怎麼辦才好呢？」

甜甜公主一臉擔憂的樣子。

「我知道你很擔心，那就由我悄悄跟在那兩個人後面，要是他們半路想放棄的話，我會試著勸說他們。如果勸不動，至少我還能去把那個藥帶回來。」

「哇，真是太可靠了，羅南，那一切就拜託你了。」

甜甜公主說完，便去城堡拿了糧食跟急救藥，還有一件迷彩外套交給羅南。

「穿上這件衣服，就不容易被發現行蹤。萬事拜託了，路上請小心。」

「沒問題，包在我身上。」

羅南說完，便立刻朝著佐羅力他們離開的方向追去。

①
佐羅力三人的目的地是之前在《怪傑佐羅力之大戰佐羅力城》中曾去過的地方，不過因為是很久以前的事情，他們早就忘了該怎麼去。
佐羅力大師剛才為什麼要隱瞞我變成蛤蟆的事呢？
我們的目的是要讓伊豬豬恢復原形，對吧？
②
總而言之，目前也只能循著魔女露加走過的路去找找看了。
但佐羅力大師對他們說是要為大家去尋找「身體變大藥」。
沒錯，這樣說比較有英雄氣概。
但是，因為你那樣講，他們就想讓你當他們國家的王子耶。
雖然我不想當那個國家的王子，但說不定可以得到其他的獎賞啊。

失火啦——
失火啦！
不過，
還真難想像
身體變得
那麼小的魔女，
竟然能走
那麼遠的路。
嗯？這附近
是……
啊，
那邊有
城堡。
他們走了
好一陣子，
踏進一座
似曾相識的森林。
三人想起來了，
當時國王就是
在這裡把藥
交給他們。
而且，
從這裡還能看到
城堡好端端的
矗立在森林的另一頭。
但是，
那應該不是
他們要尋找的
那座城堡，
因為——

那座城堡早在當時就被吃下「身體變大藥」而變得巨大無比的伊豬豬和魯豬豬給弄垮了。

「我想起來了，那時候我正要去救佐羅力大師，我的手一鬆，藥瓶也掉了……」

「所以只要找到那座城堡的遺跡，說不定就能找到當時掉在那裡的藥瓶。」

因此，他們開始到處尋找那座城堡的遺跡。

由於是很久以前發生的事情，坍塌的城堡遺跡現在應該早就雜草叢生、藤蔓纏繞，看起來一片荒涼了吧。

他們分頭將森林各處都找過一遍，卻完全沒找到那樣子的地方。

三人累得氣喘如牛。既然找不到城堡遺跡，就只能找熟悉這一帶的人打聽消息了。他們立刻離開森林，前往附近的小鎮。

三人一走進人潮洶湧的商店街——

咕嚕咕嚕咕嚕嚕嚕嚕嚕……咕嗚——

就聞到相撲火鍋餐廳
飄散著的香噴噴食物香氣。
三人口水直流，
肚子也發出劇烈的咕嚕咕嚕聲。

魯豬豬
看到餐廳的海報，
連忙確認錢包裡
還有多少錢。
然而，實在很遺憾，
裡頭只有六百元。
不過沒關係。

這種時候，三人就會使出常用的那招。佐羅力立刻變身成怪傑佐羅力——

才點完餐就聽到——

「沒問題，歡迎光臨。」

出來接待的是一位瘦巴巴的相撲力士。

佐羅力一見到他便脫口驚呼，躲在帽子裡的伊豬豬和披風裡的魯豬豬也探出頭來，

因為他們聽到以前認識的相撲力士名字。

如此一來，

佐羅力他們想用一人費用吃三人份午餐的計畫，也跟著暴露了。

「嘿嘿嘿，我們先失陪了。」

不料，老闆卻對急著想溜走的三人說：

「啊，錯不了，你就是佐羅力大師！我一直想再見到你呢。請務必和你的同伴一起享用相撲火鍋。不用擔心錢的問題啦，我免費招待你們。

「真的假的！」

三人對「免費」兩個字完全沒有抵抗力。

毫不客氣的坐下來之後，

老闆立刻送上超大鍋的相撲火鍋，

三人眼中只有美食，開始埋頭狂吃。

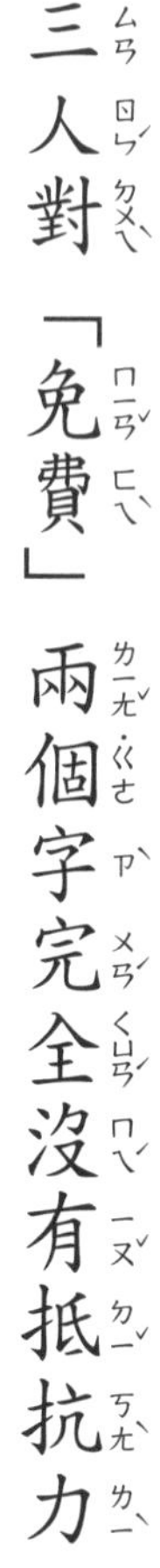

關之山則在一旁開始說起自己的遭遇。

❶ 我會開這間相撲火鍋店，是因為聽了佐羅力大師的一番話。佐羅力大師曾經告訴我：「如果想成為相撲力士，一定要進入培育相撲力士的教室，還要在那裡多吃相撲火鍋才行。」

❷於是我就進入了相撲力士培育教室。
然而，不管我怎麼吃，
就是吃不胖。
不知不覺中，
我變成負責為力士們
煮飯的人，
而且力士們
對我煮的
相撲火鍋
評價很高，
總是大讚「好吃、好吃」。
❸煮到後來，
我就開了
這間火鍋店。
我之所以能夠開創
這條新的人生道路，
都是拜佐羅力大師所賜。
我一直想著，
總有一天要
當面親口
向您致謝。
三人這才弄懂為什麼老闆要請他們吃大餐。
就在這時，
啊！
佐羅力！我找你很久了。
終於讓我堵到你，現在就來
跟我堂堂正正的一較高下吧！

鬥士爺爺也來了。

這位爺爺是空手道高手，以前也曾經跟佐羅力他們過招。

當時，鬥士爺爺向佐羅力下戰帖，

卻因為上了年紀而沒能分出勝負。

「因為爺爺也一直很想見佐羅力大師，所以我剛才寄電子郵件通知他。」

「沒錯，我的夢想就是有朝一日能與你

再戰一場，我不斷的修練精進，就是在等這一天的到來。」

「哇，真的很努力耶。」

「哼，就讓你們看看我新創的招式吧，可別嚇到腳底抹油跑了喔。」

聽到魯豬豬的稱讚，鬥士爺爺立刻開始示範他的新招式。

這是我
利用艾灸，專門為
年長者所創的拳法。
把艾灸放在不同的位置，
會產生各式各樣
不同的威力。
廢話不多說，
仔細看好了。
艾灸
將艾草葉晒乾，
取其中的絨狀纖維
製作而成的乾草，
放在皮膚上
點火燃燒，
可達到
治療的功效。
乾艾草
水之艾灸
放在
手臂上會讓人噴鼻水。
壹之型【飛沫似浪】
貳之型【海之渦】
參之型【大雨如注】
由於鼻水四處噴濺，
對手便會覺得很髒，
急忙逃走。
鼻之艾灸
放在
鼻頭上
會讓人打噴嚏和噴鼻屎。
哈——啾！
壹之型【鏗鏘噴射】
貳之型【連綿不絕】
參之型【瘋狂連發】
由於鼻屎四處噴濺，
對手便會覺得很髒，
慌忙逃離。

聲之艾灸

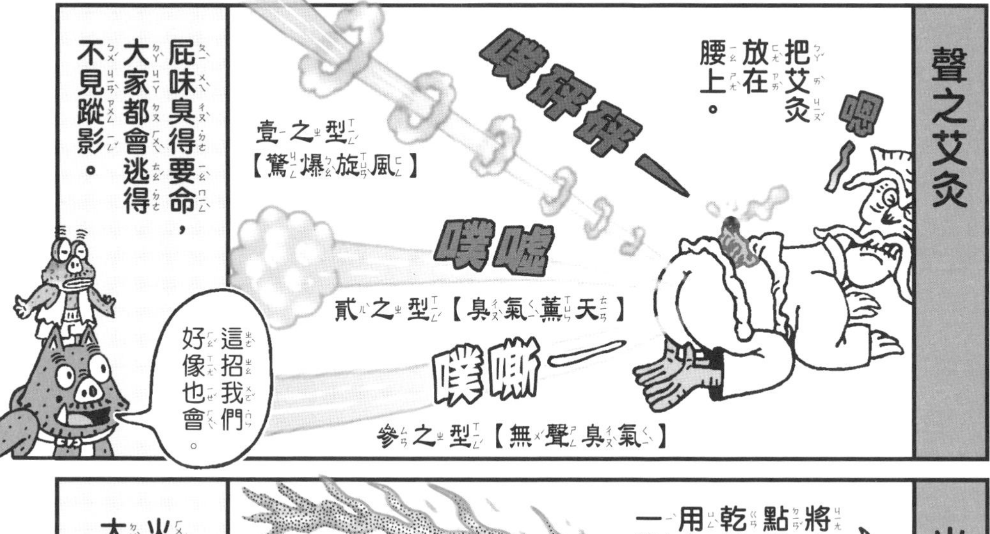

火之艾灸

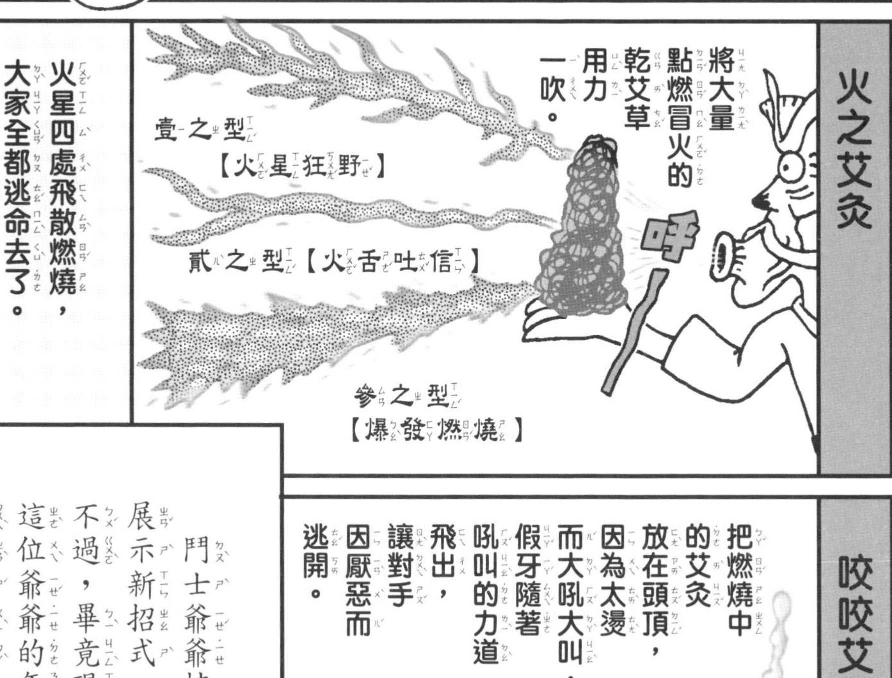

咬咬艾灸

把燃燒中的艾灸放在頭頂，因為太燙而大吼大叫，假牙隨著吼叫的力道飛出，讓對手因厭惡而逃開。

喀咻
咬住
咬呀

鬥士爺爺持續向大家展示新招式，不過，畢竟現在這位爺爺的年紀比當年對戰時更大……

「讓我休息一下。」

他說完就坐到店裡的椅子上，立刻睡著了。

「喂，你沒事吧？」

佐羅力一臉擔心，關之山解釋：

「就讓鬥士爺爺好好睡一覺吧。他靠著要與你們再次決鬥的強烈念頭，才能這麼長壽。要是他完成了心願，說不定就會失去活下去的動力。

我想讓他一直抱持著希望——

總有一天能與佐羅力大師好好的再戰一場，所以，現在是否能請你們先離開呢？」

「我明白了，不過離開前，有一件事想請教一下……」

正當佐羅力打算詢問以前那座崩塌城堡的事情時——

喂，聽說佐羅力現身了？

那個聲音是——

暴力分子「殺不死」。

「也順便來我的店裡坐坐嘛。」

殺不死說完，

就突然把他們拎起來，

帶離關之山的火鍋店。

這時，佐羅力

想起之前——

佐羅力想到這裡
就嚇得全身
冷汗直流。
「到了喔，
這裡就是我的店。」

殺不死
走進店裡——

來，動手吧。

他站到廚房，
把麵粉揉成麵團，
然後不停的使勁
將麵團往檯面上甩。
接著大掌一拍，把麵團壓扁，
然後放在自己的尖角上，
開始轉哪轉。

佐羅力三人看得膽戰心驚，全身簌簌發抖，以為自己就要跟那個麵團一樣，被揉成麵餅了。

殺不死轉身背對著他們。過了好一陣子才轉過來，手上抓著——

一個新月形狀，看起來像回力鏢的東西。

殺不死將那個東西往佐羅力他們那桌的方向用力一丟。

那個東西
一邊高速
旋轉，
一邊飛過佐羅力
他們眼前，
衝出店門口，
咻的飛進
對面的店鋪。
過了一會兒——

那東西變成了

金黃酥脆的

新月形披薩飛回來。

殺不死用盤子

接住那片披薩，

放到了

佐羅力他們的桌上。

「這、這是怎麼一回事？」

殺不死回答佐羅力：

過去，佐羅力大師曾經親身示範，將身體彎成回力鏢的形狀，這讓我明白，這個形狀的物體，會飛回投擲的人手上。那時，我腦中靈光一閃，想到了這個回力鏢披薩的好主意。
哈哈哈，才沒有什麼披薩窯爐呢。

「原來如此，將揉好的新月形披薩麵團扔到對面店裡的披薩窯烘烤，然後再像回力鏢一樣扔回來。」

從對面店鋪現身的是——

老熟人阿忠。阿忠的拿手絕技是將全身的氣運行到手掌上，轉化成一股能量。

運用我自己生出的火球，將年糕烤出恰恰好的美味，這招也是你們教我的呀。利用這個點子，我們兩個便開始經營這間披薩店。運氣很好，生意非常興隆。這都是受到您的啟發，真的非常感謝。

聽到這些道謝的話，佐羅力感到一陣無言。

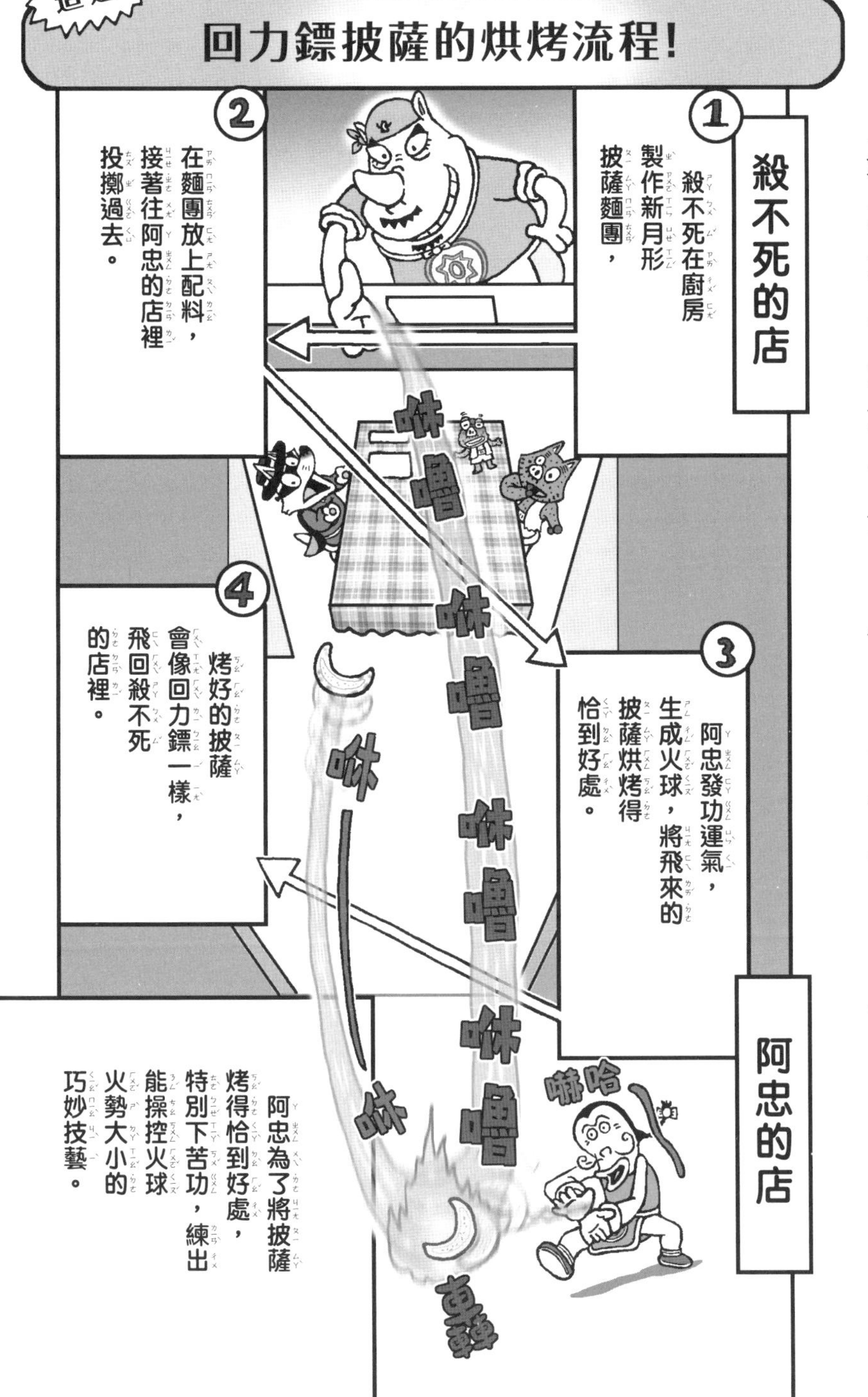

這是
回力鏢披薩的烘烤流程！
殺不死的店
1
殺不死在廚房製作新月形披薩麵團，
2
在麵團放上配料，接著往阿忠的店裡投擲過去。
阿忠的店
3
阿忠發功運氣，生成火球，將飛來的披薩烘烤得恰到好處。
4
烤好的披薩會像回力鏢一樣，飛回殺不死的店裡。
阿忠為了將披薩烤得恰到好處，特別下苦功，練出能操控火球火勢大小的巧妙技藝。
咻
嚕
咻
嚕
咻
嚕
咻
嚕
咻
咻
嚇哈
轟

當佐羅力他們狼吞虎嚥，大口吃著披薩時，訂單一直不斷湧入。

殺不死熟練的製作著披薩麵團，投擲給對面的阿忠，烤好的披薩也陸陸續續飛了回來。

「真傷腦筋，負責外送的河狸先生還沒回來。不快點送去給客人的話，披薩會冷掉。」

「殺不死，我們幫你送過去吧！就當作謝謝你招待我們吃披薩。」

「你們真是幫了我大忙。對了，這位叫外送的顧客正是之前城堡被你們弄垮的國王。他現在住在新的城堡裡。」

「咦？什麼？本大爺正好有事要拜託那位國王呢。」

佐羅力他們趕緊按照殺不死畫的地圖指示，出發去送披薩。

到了目的地，這不正是他們剛到這個鎮上時，看到的那座雄偉城堡嗎？

佐羅力詫異的抬頭看著城堡，視線剛好與等不及要吃披薩而探頭張望的國王對上。

國王大叫一聲，然後帶著身邊的人飛奔下樓。

「佐羅力先生，之前真是太感謝您了。如您所見，您當時拯救的公主，現在過得很好。」

站在國王身旁的美麗公主，朝佐羅力深深一鞠躬。

「什麼！我記得那時候公主還是一直維持著土蛙的模樣，就連城堡也崩塌了，什麼都沒留下，不是嗎？」

佐羅力問道。

不不不，其實公主不是被變成土蛙，而是皺皮蛙喔。
變成什麼不重要啦，我是要問你到底怎麼回事，請快點告訴我事情的詳細經過。
當時，佐羅力先生離去之後，公主便恢復了人形。至於城堡，是因為有保險理賠，才能重建成現在這個樣子。
哇！原來是這樣！這麼說的話，那本大爺是不是還有資格成為王子呢？
Beaver Eats

佐羅力小心翼翼的詢問，
國王立刻回答道：
「在那之後，
我的女兒遇到很棒的人，
在三年前結婚了。」
公主的身後，站著一位手上抱著可愛小男生、
面帶微笑的王子。
佐羅力垮下肩膀，
看起來很沮喪，但馬上
他又抬起頭——

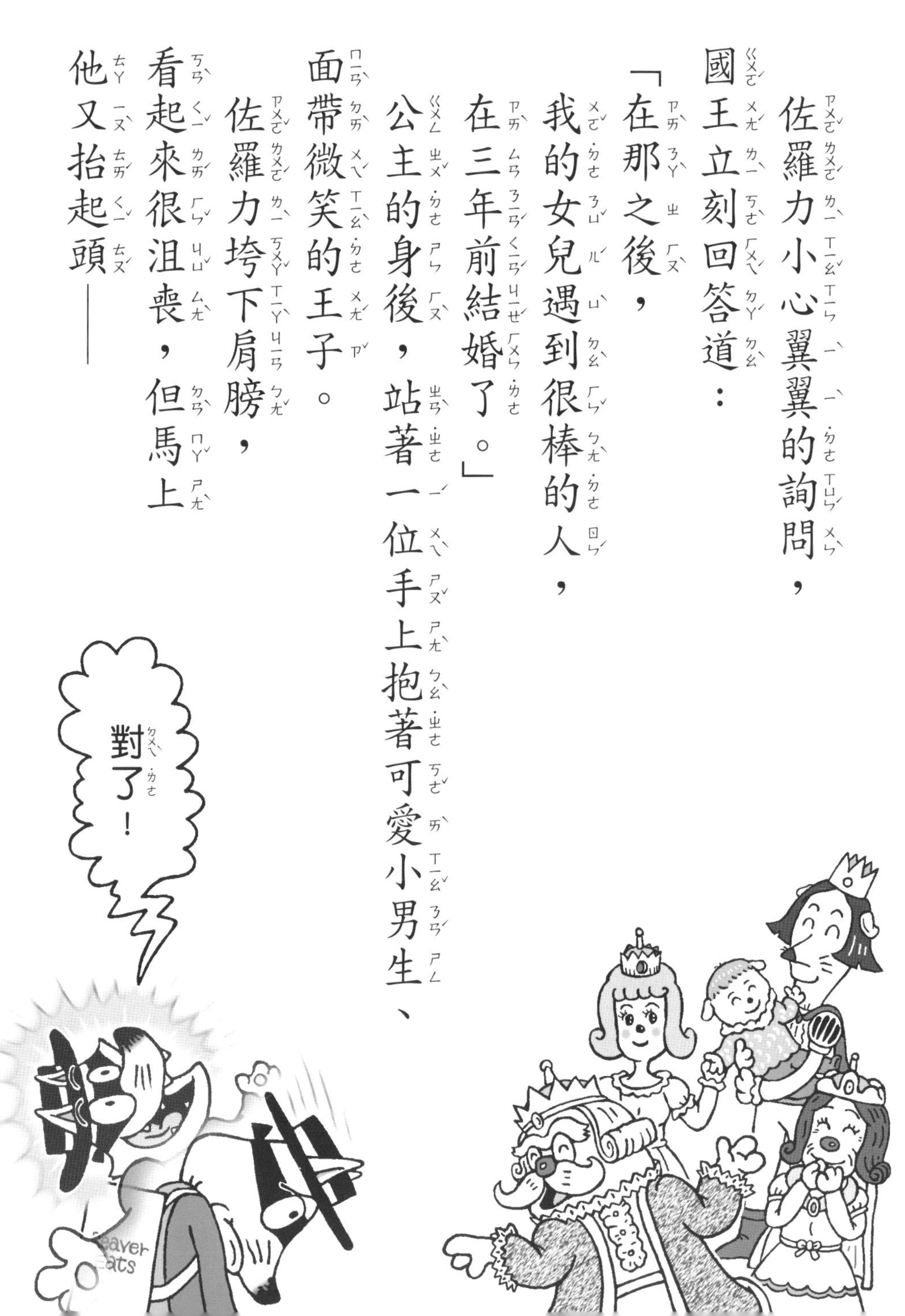

（現在不正有一位被變成蛤蟆的公主等著本大爺回去找她嗎？）儘管遲遲沒有在「成為王子的切結書」上面簽名，但如果他按照約定帶藥回去，應該還有機會。

佐羅力把披薩交給國王，隨即請求道：

「我需要您國家代代相傳的『身體變大藥』，能否請您分給我兩顆呢？」

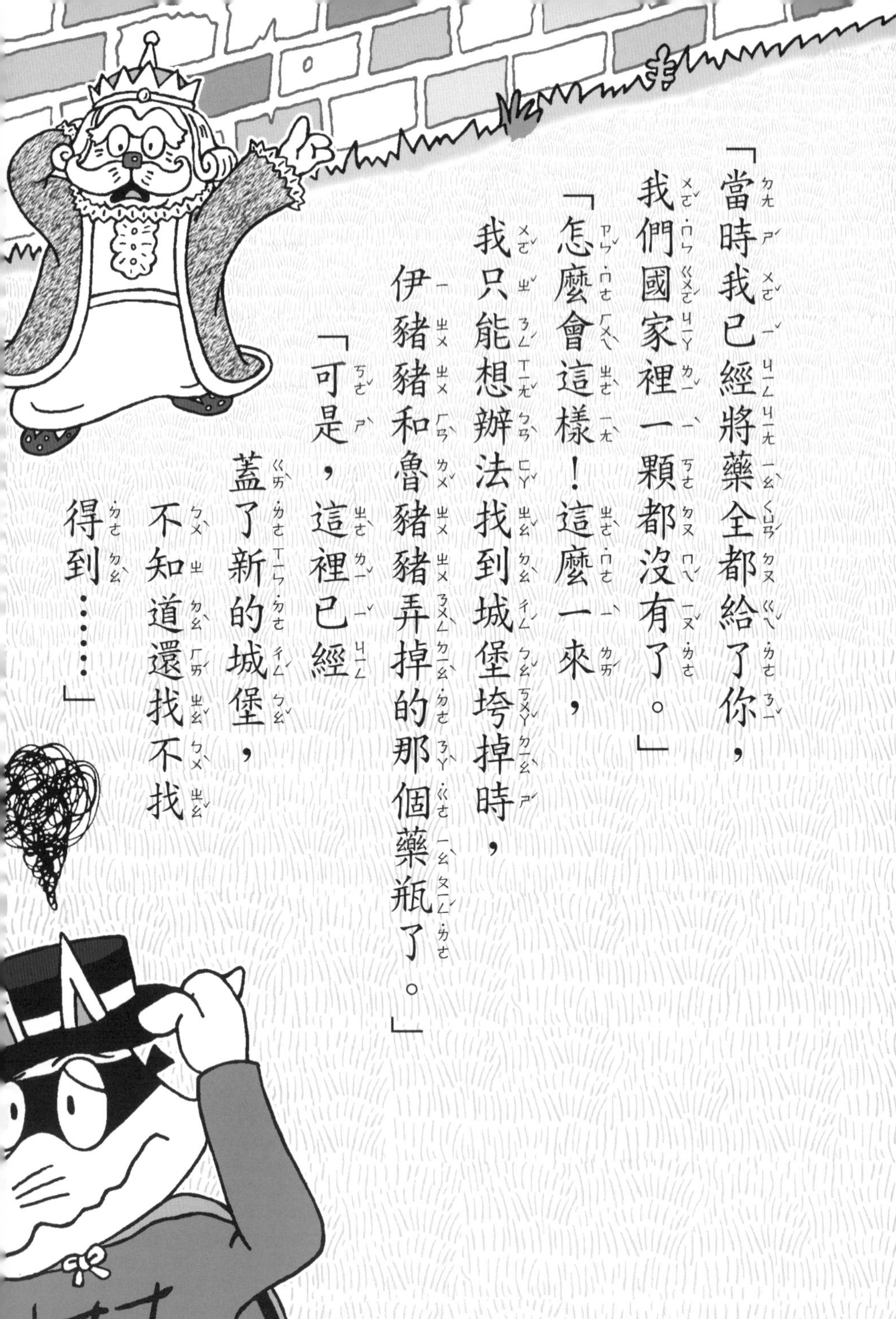

「當時我已經將藥全都給了你，我們國家裡一顆都沒有了。」

「怎麼會這樣！這麼一來，我只能想辦法找到城堡垮掉時，伊豬豬和魯豬豬弄掉的那個藥瓶了。」

「可是，這裡已經蓋了新的城堡，不知道還找不找得到……」

國王很抱歉的說道。

儘管如此，也只能期盼這微小的希望成真，孤注一擲了。

佐羅力他們開始在城堡周圍搜尋，城堡裡的人們也全都跑來幫忙。

時間不斷飛逝，他們始終沒有找到藥瓶。

就在大家準備放棄的時候，

嗚啊

一旁正在撥開草叢的伊豬豬，發現了倒插在土裡的「身體變大藥」。藥瓶裡面剛剛好還有兩顆藥。
耶——命運之神果然還是眷顧我們的。
BIG
身體變大藥
佐羅力一把將瓶子拔出來，結果瓶蓋瞬間鬆脫，裡面的兩顆藥滾哪滾的，滾進了一個小洞裡。
啪喀！
完了。
BIG
身體變大藥

佐羅力想都沒想就要伸手去抓。
等一下！沒搞清楚情況就把手伸進去亂撈，很容易會不小心把洞口弄塌，這樣就再也找不到藥了。還是交給我來處理吧。
蛤蟆伊豬豬用小小的手，小心翼翼的挖開洞口——

就在這時，那兩顆藥突然開始動了起來。
他發現那兩顆藥就掉在洞穴深處的一個窟窿裡。

伊豬豬立刻大叫：「糟了，佐羅力大師！有兩隻螞蟻誤以為那兩顆藥是食物，正打算運回蟻巢。」

如果螞蟻們吃下那兩顆藥的話——

城堡會被牠們毀掉，也不可能再找到「身體變大藥」了。

大家的臉色變得一片慘白。

佐羅力抱著腦袋，不知道該怎麼辦才好時——

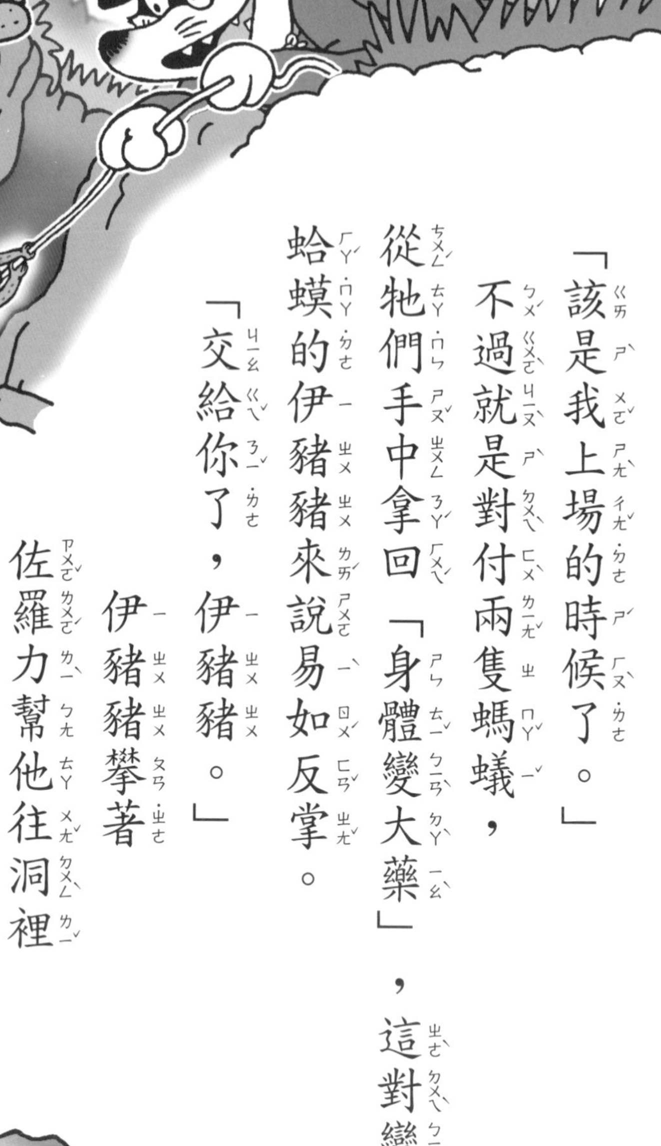

「該是我上場的時候了。」不過就是對付兩隻螞蟻，這對變身為

從牠們手中拿回「身體變大藥」，

蛤蟆的伊豬豬來說易如反掌。

「交給你了，伊豬豬。」

伊豬豬攀著佐羅力幫他往洞裡垂降的繩索

向下爬。

他很快就追上那兩隻螞蟻，卻在伸手要拿回那兩顆藥時，突然感覺到一陣寒意。

於是伊豬豬轉身一看，

有一條蛇正在
暗處用舌頭舔著嘴，
直直盯著伊豬豬不放。
伊豬豬嚇得
全身僵硬，動彈不得。
原來被蛇盯上，
就是這種全身發毛的感覺。
伊豬豬微弱的

呼救聲傳到了佐羅力的耳朵裡。
但是他和魯豬豬並不清楚
洞裡發生了什麼事情，
要是隨隨便便伸手進去，
只會讓整個洞穴崩塌而已。
佐羅力什麼事都做不了，
不知道怎麼辦才好。
這時，有個聲音喊道：
「佐羅力先生。」

①

是那位跟在佐羅力他們後面而來的蛤蟆青年。

我是甜甜公主的青梅竹馬，我叫羅南，這件事請交給我處理吧。

你有什麼好辦法？

羅南抓住佐羅力手中的繩子，隨後說道：

當我向你們發出訊號時，請用盡全力將繩子往上拉。

②

他說完就往下一跳，進入了洞裡。

羅南趁著蛇的注意力都集中在蛤蟆伊豬豬身上時，悄悄繞到蛇的後方，把繩子綁在蛇的尾巴上。

③ 蛇大吃一驚——
④ 尾巴用力的往上一揮。
⑤ 羅南被狠狠的甩飛——

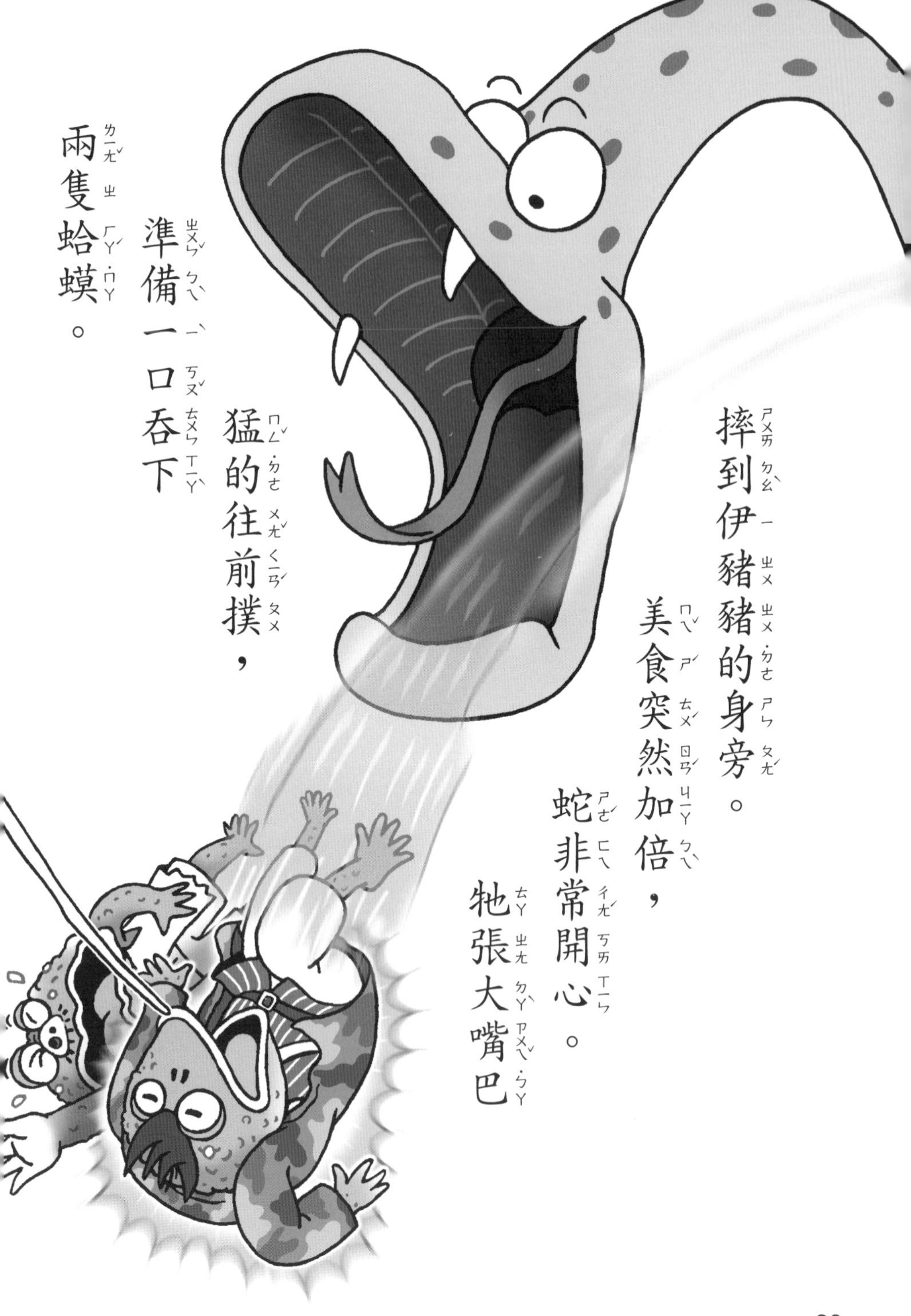

摔到伊豬豬的身旁。美食突然加倍，蛇非常開心。牠張大嘴巴猛的往前撲，準備一口吞下兩隻蛤蟆。

就是現在！佐羅力先生，請立刻向上拉！
啪咚

聽到羅南大喊，佐羅力馬上使出全力把繩子往上拉，那條蛇就從洞裡飛出來，摔到地上，昏了過去。

那麼，伊豬豬和羅南那邊狀況如何呢？

佐羅力他們屏氣凝神，睜大眼睛盯著那個洞口——

兩隻蛤蟆平安無事的爬了出來，他們順利從螞蟻的手中搶回身體變大藥了。

佐羅力一拿到那兩顆藥，就立刻放進藥瓶裡，仔細的拴緊瓶蓋。

「嘻嘻嘻，這樣一來，本大爺就能成為

夢寐以求的王子啦。」

「哇，佐羅力先生，您有一位公主未婚妻呀，恭喜恭喜。」

「嘿嘿嘿，是啊，那麼我們就先失陪了。」

佐羅力一行人與大家道別後，急急忙忙趕回那個有一群蛤蟆等著他們回來的國家。

他們換上旅行的服裝趕路，一抵達目的地後，佐羅力立刻對國王說：

我回來了，而且我改變主意，決定要成為這個國家的王子。

「啊，佐羅力先生，您拿到身體變大藥啦，我真是打從心底萬分感激呀。」

「我現在就去見魔女，也絕對會讓大家恢復原來的模樣。不過，在這之前，我想先在『成為王子的切結書』上簽上我的名字。」

這一次，佐羅力不想再讓幸福溜走了。

「哎呀，這真是求之不得呢。」

佐羅力在切結書上簽好名字後，立刻與魯豬豬還有蛤蟆伊豬豬，一起踏著輕快的步伐，走向魔女所在的地牢。

魔女露加等佐羅力他們等得望眼欲穿，所以當她一拿到身體變大藥，就迫不及待的吞進肚子裡。

接著，原本小小的魔女露加，

身體越變越大，轉眼間就變回原來的大小。

「好啦，我們說好的，只要我拿到藥，你就會解除蛤蟆們身上的魔法。」佐羅力說完，魔女立刻爽快的回答——

「當然沒問題。」

她站到祭壇前，雙手的手指纏繞成一個非常複雜的手勢，接著她緩緩抬起頭，口中唸起一串咒語。

雷——多莫 雷——多莫

啦喀磨嘎嘎 雷——多莫！

只見伊豬豬立刻從蛤蟆變回原來的樣子。

同一時間，地牢上方也傳來一陣歡聲雷動。一定是地面上的蛤蟆們也恢復原形了。

「終於！佐羅力王子總算誕生了！伊豬豬、魯豬豬，辛苦你們了。本王子將封你們為大臣，每天都有美食吃飽飽，快快樂樂過一生。」

「耶——」

「哦——你要當這個國家的王子啊？總之，我再也不用被蟑螂和老鼠追著跑了。走吧，我要去晒一晒久違的陽光。」

未來的王子與兩位大臣，還有魔女露加，
每個人臉上都藏不住喜悅，
在通往地牢出口的階梯上奔跑著。
一推開地面的那扇門，

迎接他們的是
從蛤蟆模樣恢復原形的
一張張燦爛笑臉。
佐羅力瞪大眼睛
望著面前的景象。

在他的眼前，一大群雨蛙正歡欣鼓舞的又蹦又跳。
喂，這、這個魔法根本沒有解除啊！
我已經確實的實踐我的諾言了，這裡可是雨蛙王國唷。

雨蛙國王接下來的舉動更證明了魔女露加的話，他一臉喜悅的跳過來說：

「佐羅力先生，請您依照約定，與我的女兒結婚吧。」

接著，國王遞給佐羅力一頂小小的王冠。

「來，請往這邊走。」

他們四個被歡天喜地的雨蛙們帶到水池邊——

看到那裡矗立著一座城堡。
這種雨蛙住的城堡也太小了，本大爺根本住不下呀。
沒錯，所以要請魔女幫忙，用魔法將佐羅力先生變成雨蛙，這樣的話就可以……
沒有問題，舉手之勞。
什麼！
意思是說本大爺得先變成雨蛙，才能成為這個國家的王子？

沒錯，您不正是抱著變成雨蛙王子的決心，才在這份切結書上簽下大名嗎？
我說佐羅力先生啊，我好不容易得到自由，想趕快把事情辦一辦然後去旅行。你不是很想變成王子嗎？來吧，我這就幫你變身。
正當魔女準備
施展咒語時——
成為王子的切結書
只要是拯救本國的
勇士，便有資格
成為本國的王子。
若決心成為本國王子
於切結書下方簽名
立誓。
佐羅

「等一下！佐羅力大師並沒有資格跟這個國家的公主結婚。」

魯豬豬忽然跳出來大喊。

「這是怎麼一回事呢？」

國王問道。

「說起為了讓你們恢復原形而找來的身體變大藥，

其實在快要弄到手的緊要關頭，佐羅力大師只在那裡袖手旁觀，一點力都沒有出。」

伊豬豬也附和說：

「沒錯，就在我快要被蛇吃掉時，英勇現身救了我，並且從螞蟻手中將那兩顆至關重要的藥拿回來的真正勇士，其實是——

你們的同族羅南。」

「咦？是嗎？但是為什麼羅南會在那裡……」

國王非常訝異，甜甜公主立刻站出來解釋……

真的很抱歉。其實是因為我不太相信佐羅力先生跟他的同伴，才拜託羅南悄悄跟蹤他們。我也沒想到羅南能立下這麼大的功勞，我好開心。

不，我只是在最後出了一點力而已，很高興我能夠幫上忙。
喔，羅南啊，這是多麼高尚的人品。和羅南一比，佐羅力把別人的功勞據為己有，假裝成英雄回來邀功，真是太不知羞恥了。

國王把切結書刷刷刷刷的撕碎，又立刻將王冠從佐羅力手中拿回來，轉身授予羅南。

「萬歲！」

「萬歲！」

「羅南王子誕生了！」

雨蛙們非常高興拯救他們的勇者是自己的同伴，全都歡呼起來。

雨蛙的池畔城堡即將舉辦羅南與甜甜公主的婚禮。

多虧了伊豬豬和魯豬豬，佐羅力才沒被變成雨蛙。然而，被指著鼻子罵沒用、不知羞恥，讓他整個人悶悶不樂的離開了雨蛙王國。

從他們三人背後傳來喧騰的笑聲，更讓佐羅力的心情跌到谷底。

儘管很沮喪——

一回到原本的旅途，佐羅力就連珠炮似的大發牢騷。

看起來很有精神，應該不用再擔心他了吧。

本大爺並不是只要當上王子就好，而是想要以現在這個模樣成為王子啊！
多虧你們，本大爺才沒變成雨蛙，不過那時候魯豬豬說我一點用處都沒有，讓我有點受傷耶。
我當時被蛇盯著看，心裡嚇得半死，全身動彈不得。只要變成蛤蟆一次，就能明白那種感覺。
那是因為我得拯救佐羅力大師，所以才脫口說出那些話，並不是真心這麼想的啦——

要是媽媽看到我變成雨蛙王子，她也不會感到高興的。
媽媽，你看著吧，我很快就會找到和我很登對的公主，和她結婚。
嘿，魔女露加，要是伊豬豬變成蛤蟆，佐羅力大師變成雨蛙的話，我就要請你把我變成黑斑蛙了。
啊哈哈，看到你們兄弟情深的樣子，我也好想去見見以前跟我住在一起的姐姐了。好啦，那我就在這裡告辭了，大家多多保重。

● 作者簡介

原裕 Yutaka Hara

一九五三年出生於日本熊本縣，一九七四年獲得KFS創作比賽「講談社兒童圖書獎」，主要作品有《小小的森林》、《手套火箭的宇宙探險》、《寶貝木屐》、《小噗出門買東西》、《我也能變得和爸爸一樣嗎？》、【輕飄飄的巧克力島】系列、【膽小的鬼怪】系列、【菠菜人】系列、【怪傑佐羅力】系列、【鬼怪尤太】系列、【魔法的禮物】系列等。

● 譯者簡介

周姚萍

兒童文學創作者、譯者。著有《我的名字叫希望》、《山城之夏》、《妖精老屋》、《魔法豬鼻子》等作品。譯有《大頭妹》、《四個第一次》、《班上養了一頭牛》、《那記憶中如神話般的時光》等書籍。曾獲「文化部金鼎獎優良圖書推薦獎」、「聯合報讀書人最佳童書獎」、「幼獅青少年文學獎」、「國立編譯館優良漫畫編寫」、「九歌年度童話獎」、「好書大家讀年度好書」、「小綠芽獎」等獎項。

怪傑佐羅力系列 64

怪傑佐羅力地牢魔女的變身詛咒

作者｜原裕（Yutaka Hara）
譯者｜周姚萍

責任編輯｜張佑旭
特約編輯｜劉握瑜
美術設計｜蕭雅慧
行銷企劃｜翁郁涵

天下雜誌群創辦人｜殷允芃
董事長兼執行長｜何琦瑜
媒體暨產品事業群
總經理｜游玉雪
副總經理｜林彥傑
總編輯｜林欣靜
行銷總監｜林育菁
副總監｜蔡忠琦
版權主任｜何晨瑋、黃微真

出版者｜親子天下股份有限公司
地址｜臺北市 104 建國北路一段 96 號 4 樓
電話｜（02）2509-2800
傳真｜（02）2509-2462
網址｜www.parenting.com.tw

讀者服務專線｜（02）2662-0332
週一～週五：09：00～17：30
讀者服務傳真｜（02）2662-6048
客服信箱｜parenting@cw.com.tw

法律顧問｜台英國際商務法律事務所・羅明通律師
製版印刷｜中原造像股份有限公司
總經銷｜大和圖書有限公司
電話｜（02）8990-2588

出版日期｜2024 年 4 月第一版第一次印行
2024 年 7 月第一版第二次印行

定價｜320 元
書號｜BKKCH033P
ISBN｜978-626-305-733-3（精裝）

訂購服務
親子天下 Shopping｜shopping.parenting.com.tw
海外・大量訂購｜Sparenting@cw.com.tw
書香花園｜臺北市建國北路二段 6 巷 11 號
電話｜（02）2506-1635
劃撥帳號｜50331356 親子天下股份有限公司

國家圖書館出版品預行編目資料

怪傑佐羅力地牢魔女的變身詛咒
原裕 文.圖；周姚萍 譯 --
第一版. -- 臺北市：親子天下, 2024.04
104 面；14.9x21公分. --（怪傑佐羅力系列64）
注音版
譯自：かいけつゾロリきょうふのダンジョン
ISBN 978-626-305-733-3（精裝）
861.596　　113002252

かいけつゾロリきょうふのダンジョン
Kaiketsu ZORORI Series Vol. 70
Kaiketsu ZORORI Kyofu no Danjon

First published in Japan in 2021 by Poplar Publishing Co., Ltd.
Traditional Chinese translation rights arranged with
Poplar Publishing Co., Ltd.
through Future View Technology Ltd., Taiwan

以前素行不良的那些人，現在……

魔女 露加

★這位魔女似乎很擅長「將人或動物變成蛙類」的魔法。

（幾乎沒看過她使用其他的魔法）

與佐羅力三人道別後，她踏上旅程，去尋找過去曾經一起生活的姐姐了。

前相撲力士 關之山

★因為他很崇拜相撲力士，所以一直不想剪掉髮髻。

他掌廚的相撲火鍋，好吃到現任的相撲力士都會跑來品嚐，十分受歡迎。

當他喜愛的相撲力士獲勝，他會像自己獲勝般開心不已。

書的封底有相撲火鍋店的香氣撲鼻菜單。

空手道高手 鬥士爺爺

★因為再次錯過了與佐羅力對決的機會，似乎決定在下次與佐羅力相遇之前，要不斷精進新的招式。

喝哈，佐羅力人在哪裡？什麼，已經跑掉了？

超過100歲卻越來越有活力的鬥士爺爺，收到蜂擁而至的委託，要請他寫一本關於「健康長壽祕訣」的書。